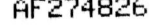

LA CASA DE LA PIEL

Título original: The House of Skin
© 2023 Karina Lickorish Quinn
© de la traducción: Eric Levit Mora
© de la edición: Arde Ediciones S.L.
Calle Madrazo, 97
08006 Barcelona
editorialarde.com
contacto@editorialarde.com

Diseño de colección y cubierta: Àlex Basalobre
Maquetación: Àlex Basalobre
Corrección ortotipográfica: Marta del Castillo Bravo
Impresión: QP Print
Impreso en España

Primera edición: febrero de 2024
ISBN: 978-84-125010-6-3
Depósito legal: B 2543-2024

LA CASA DE LA PIEL

Karina Lickorish Quinn

Arde:

La pena le sentaba bien, como una chaqueta hecha a medida. Lo hacía parecer refinado y valeroso. A veces, adquiría la cualidad del vacío, una cierta vacuidad, como si alguien hubiese apagado de un soplido las llamas de su mirada. Pero gran parte del tiempo, especialmente en una multitud, su distante serenidad le daba presencia.

Por eso me fijé en él aquella noche en la galería, parado en un semicírculo de amigos, todo risas y sonrisas ante el cuadro mientras él permanecía callado y pensativo. Era una obra satírica, un políptico que imitaba el estilo renacentista donde, envuelta en un resplandor de santidad, una Madonna con el aspecto de Hillary Clinton acunaba en sus brazos a un cerdo con la cara de Donald Trump. En el fondo del lienzo, mares de manifestantes se masacraban y devoraban entre ellos con cubiertos; cuerpos apilados, ensangrentados de kétchup y mostaza; brazos y piernas y aros de cebolla mutilados y desparramados entre los dedos de los pies desnudos de Clinton y, en el horizonte, Joe Biden se erguía delineado en purpurina dorada como un mesías del *camp*.

Me gusta observar a la gente en las galerías. Disfruto de ver cómo las obras cobran vida en sus rostros. ¿Dónde se posan primero sus miradas? ¿Cómo traiciona su expresión sus emociones cuando creen que nadie los ve? Reunidos ante *Make America Bacon Again*, sus amigos reían y se hacían fotos, posando con irónicos signos de la paz o con gestos de oración. Pero él se mantenía impasible. Se limitaba a esperar con una mano en el bolsillo de su pantalón de traje gris. Su otra mano acunaba la curva de un vaso de vino que arremolinaba suavemente en un pequeño vórtice carmesí. ¿En qué estaría pensando con la mirada perdida en aquella vorágine roja?

Daría para un hermoso retrato: la suave palidez gris de su traje; su mandíbula angulosa como el filo del acero; el aguamarina casi fosforescente de su cabello y su barba, bien cuidada y recortada meticulosamente siguiendo los contornos de su rostro. Si fuera pintora, lo convertiría en un tritón, arrancado de su mundo y disfrazado con los atavíos del hombre humano. No sostendría un vaso de vino, sino un tridente, y su cola sería de un púrpura resplandeciente. Mientras lo miraba, me pregunté si sería capaz de esculpirlo y qué materiales necesitaría para capturar sus vívidos tonos. Apatita tallada para el cabello, aguamarinas para sus ojos… y se dio la vuelta. Me miró y la estancia se inundó con una repentina bocanada de oxígeno.

Una de las chicas de su grupo, que había estado posando con la lengua entre sus dedos separados, se abalanzó sobre él y le rodeó despreocupada los hombros con el brazo. Una copa de *champagne* prendía peligrosamente de las yemas de sus dedos cuando le susurró algo al oído que le arrancó la más ligera e irónica de las sonrisas. Me la imaginé burlona. Parecía la clase de persona que se burlaba del mundo. Una diosa postfuturista en un vestido asimétrico de neopreno rojo con una gorguera y un profundo escote que le bajaba hasta el ombligo. Atrevida. Transgresora. Llevaba las piernas sin depilar con gruesos pelos negros que se detenían de forma abrupta a la altura del tobillo, envueltos por las correas de unas sandalias de tacón alto con un delicado cierre de plata. Era la clase de persona que mi agente, mi audiencia, mis galeristas querían que fuera yo. Alguien cuya identidad misma es una obra maestra.

Me volví y me oculté entre la multitud. Me cuesta muy poco pasar desapercibida. También es un defecto que agentes y galeristas lamentan. Me dicen que la identidad es una *performance* y que los artistas deberían ser excéntricos y provocadores, *querida*, porque *la gente no solo compra tu arte, mi amor*. También compran un poco de ti. He tratado de convertirme en una *performance* que se venda bien. He tratado de desvanecerme en una nube de intriga y estampados llamativos, en trajes asimétricos, en pintura corporal y en irónicas prendas *vintage* con las pecheras engalanadas de eslóganes políticos. Pero nunca termino de acertar. Siempre parece que lo intento demasiado. Hago que mi *performance* parezca una *performance* y eso rompe la ilusión. Así que me he cansado de intentarlo y he convertido en uniforme los vaqueros y camisetas en los que trabajo, salpicados de arcilla seca y pintura y manchas de aceite y grasa. Esperaba que las manchas fueran la marca de mi arte, pero sospecho que solo me hacen parecer sucia… como una desaliñada intrusa que se ha colado por accidente desde la calle.

Aquella noche, debería haberme sido sencillo desaparecer entre los extravagantes personajes de la galería, pero aquel tritón, que más adelante conocería como Cyan, volvió a encontrarme. Se paró a mis espaldas mientras observaba mi propia obra, una estructura de acero en la que había superpuesto bandas de Möbius hasta darles la forma de una vagina con sus labios. En lugar de clítoris, había colocado una pequeña cámara que proyectaba la imagen de los espectadores en una gran pantalla al fondo de la galería. Mientras la examinaba, la chica del vestido de neopreno rojo se unió a él, se inclinó hacia la escultura y miró directamente al cuello del útero con una sonrisa burlona.

—Parece un comentario sobre la continua mercantilización del cuerpo femenino en las sociedades capitalistas postindustriales —dijo al final, dando un paso atrás con las manos sobre las caderas.

—¿O una expresión del temor a que las inclinaciones sexuales del individuo sean descubiertas en la era de internet? —contestó él.

—Quizá —concedió—. Aquí, la vagina es casi un arma vuelta contra aquellos que desean invadirla. —Miró por encima del hombro hacia la proyección y volvió a inclinarse sobre el clítoris para hacer gestos obscenos con la lengua frente a la cámara. Su grupo de amigos, ahora reunidos en la barra de bebidas, vitorearon con aprobación cuando vieron el primer plano de su boca y su lengua en movimiento en la pantalla gigante. Cuando terminó, se irguió y me miró con los ojos entornados, desafiante. Me retaba a desaprobarla. No lo hice. Ansiaba esa clase de seguridad desenfrenada.

—¿Y tú qué crees? —preguntó Cyan, volviéndose hacia mí y señalando la escultura con un gesto de su mentón.

—Pues yo creo que no es más que un coño de metal —dije. Supongo que pretendía hacerme la graciosa, pero ambos se limitaron a mirarme impávidos. Para justificarme, añadí—: No son más que formas. —Más silencio—. Es solo que veo formas y patrones que casan bien en mi cabeza. Tampoco me planteo demasiado los temas o los mensajes…

Al principio, ninguno dijo nada, pero sus miradas se cruzaron por un instante y se sonrieron. ¿Cómo me estarían juzgando? ¿Qué clase de burla transmitía aquel silencio entre los dos? La situación me devolvió con violencia a mi juventud. Volví a ser aquella marginada en el patio que trataba sin éxito de parecer despreocupada y mordaz. No debería haber olvidado que soy incapaz de ironía, que solo conozco la honestidad.

Por fin, la chica del vestido de neopreno rojo dijo:

—Eres una puta genio.

—¿Me estás diciendo que esto es tuyo? —continuó él.

Entonces, entendí que no me habían interpelado como artista. Me habían preguntado por la escultura porque estaba ahí como testigo de su ingenioso tira y afloja.

Les dije que sí, que la obra era mía.

—Eres una puta leyenda —dijo ella—. Sin pretensiones. Sin *performance*. Haces lo que te fluya, como una verdadera artista. —Se agarró del brazo de Cyan—. Cy, nos la quedamos. Esta misma noche. Se viene con nosotros.

***

Parada frente a la mesa del bufé esperando el momento de irnos, Annette siguió a Cyan con la mirada mientras él se paseaba sin prisas por el perímetro de la galería para inspeccionar las obras con los ojos entornados.

—Es muy selectivo —comentó—. Con el arte. Con las mujeres. Está de luto, ¿sabes? — Me ofreció un pastelito de fruta que no me apetecía, pero que me comí de todos modos. Mordió la mitad del suyo con sus blancos incisivos de porcelana y el jugo de las bayas se derramó rojo y vampírico por su barbilla. No se lo limpió y no supe si decirle que se había manchado—. Su esposa murió hace unos meses. Fue muy repentino.

Aquella fue la primera vez que oí hablar de su esposa. Había sido una cantante de ópera bella y talentosa. Una soprano de coloratura con unos pechos increíbles. Esa descripción me descolocó. Me pareció irreverente sexualizar a los muertos. Pero quizá era una forma de mantener vivo su recuerdo, de animarla. No supe qué contestar, así que Annette llenó el silencio.

—La adoraba. La veneraba. Ahora, está perdido. Estamos tratando de traerlo de vuelta al mundo de los vivos.

Asentí y puse una expresión que, esperé, transmitiera pena y compasión.

***

Me subí a un taxi con Cyan, Annette y otros dos amigos suyos; un hombre al que llamaban Cyclops, que tenía un ojo tatuado en la frente, y una mujer en un mono de licra a la que llamaban Tiny. Mis compañeros de viaje mostraron muy poco interés por sus acompañantes y se pasaron el trayecto mirando por las ventanillas empapadas de lluvia, observando al pasar el bostezo de las luces de la ciudad. Sus cuerpos se sacudían con cada bandazo y bache, como si sus articulaciones no estuvieran bien encajadas.

Annette anunció al resto:

—Esta es especial porque es súper natural.

Me acarició suavemente la mejilla con la punta de las uñas al hablar. Fue un gesto demasiado familiar, pero me dio igual. Me gustó sentirme vista. Era la clase de ritual de cuidado en que participaban las chicas populares en el instituto, acostándose lánguidas sobre el césped, peinándose mutuamente los cabellos con las manos, maquillándose las unas a las otras con las yemas de los dedos. Nunca me habían incluido en eso. Pero ahí estaba ahora. Annette apoyó la palma de su mano contra mi mejilla, me volteó hacia ella y me pasó el pulgar por la ceja. Sus dientes brillaron blancos cuando separó los labios en una sonrisa.

No sabía exactamente hacia dónde nos dirigíamos; solo que íbamos a una fiesta en una casa que tenía Cyan en un pueblecito a las afueras de la ciudad. No era propio de mí actuar con semejante espontaneidad. A aquellas horas, solía estar ya en casa, sentada en mi maltrecho sofá de Ikea viendo algún programa de entrevistas de sábado noche con una cena de microondas y un vaso de leche. Solía quedarme dormida ahí mismo vestida todavía con mi ropa de calle hasta que Gerald, el gato del vecino de abajo, me despertaba sobre la medianoche para que le diera de comer un par de sardinas que compraba solo para él. Después, volvía a dormirme abrazada a Gerald en mi cama, hasta que me despertaba de nuevo arañando la puerta sobre las tres para que lo dejara salir. Esos eran mis sábados noche.

Pero ahí estaba, de camino a Dios sabía dónde en un taxi lleno de seráficos desconocidos.

Annette me soltó la cara y tanto ella como Cyan, sentados a mis flancos, me dieron la espalda para mirar por las ventanillas. En los asientos de enfrente, Cyclops y Tiny seguían contemplando imperturbables el mundo exterior. Por un instante, me invadió el pánico. Ya se habían cansado de mí. Les había parecido curiosa e interesante, pero ya se habían percatado de mi ansia de atención. Traté de pensar en algo que decir, pero ¿qué clase de conversación casual podía interesar a cíclopes y tritones? Así que continuamos en silencio mientras las farolas zumbaban a nuestro paso, no más que manchas de luz blanca contra el negro de la noche.

***

Cuando dejamos atrás las luces de la ciudad, las carreteras empezaron a estrecharse. Imaginé nuestro taxi como una minúscula versión de juguete de sí mismo, cruzando los caminos encogidos de una maqueta a escala del campo, con árboles de trapo y animales de plástico pintado pastando en praderas de poliestireno cubiertas de felpa. La enorme mano de un invisible y titánico jugador dirigía nuestros movimientos, acercándonos a un destino predeterminado por un intelecto muy superior al de nuestro insignificante universo. La resistencia era en vano, solo la ilusión de libre albedrío.

Cuando el vehículo torció hacia un camino vallado que bordeaba un extenso lago negro, mis acompañantes parecieron resucitar milagrosamente de su letargo y empezaron a estirar las extremidades y a mover las mandíbulas y a mirarse entre sí como si se vieran por primera vez en años, sonrientes, casi afectuosos.

—Ya casi estamos —dijo Annette, apretándome la rodilla con la mano.

Era consciente de la mirada de Cyan, que me observaba frotándose el barbudo mentón con las yemas de los dedos.

El taxi daba sacudidas al borde del agua. Un puñado de casas ocupaba la orilla del lago, todas viejas y lujosas; hileras de quietud y de ventanas iluminadas por tenues luces doradas. Cuando vi el lugar por primera vez, me asaltó la inspiración y me imaginé construyendo una maqueta del lugar. Utilizaría cuarzo negro para el lago y las casas serían de muñecas, pero cada ventana tendría una mirilla por donde el espectador podría espiar escenas de terror ampliadas por una lupa: un humanoide anfibio devorando a una familia; una fila de alienígenas morados emergiendo de un ojo de buey; una madre con los labios color cereza horneando a su hijo en un pastel. Todo tendría un estilo estrafalario y estridente, como los pósteres de ciencia ficción de los años cincuenta: *kitsch*, eróticos y absurdos.

Pasamos junto al letrero de un pueblo iluminado desde abajo por pálidas luces blancas que rezaba:

BIENVENIDO

A

HUNTHAM-UNDER-WATER

y, debajo, creí leer (aunque no puedo asegurarlo porque el taxi iba demasiado deprisa):

NO QUERRÁS IRTE NUNCA

Me pareció un deseo mal formulado. Probablemente bienintencionado, pero accidentalmente amenazador. Redactado por algún comité de pueblo que no se había parado a pensarlo bien. O quizá lo había visto mal yo. Me volteé en el asiento, estiré el cuello y entorné los ojos para leer la parte de atrás del cartel. Ya estaba demasiado lejos para verlo con claridad y las luces parpadearon justo cuando traté de volver a leerlo.

POBLADO FINAL
HUNTHAM-UNDER-WATER

Final de poblado… debía poner eso. Esa es la fórmula corriente, ¿no? Lo que me había parecido leer… Estaba oscuro y yo cansada, es fácil equivocarse con el orden de las palabras.

Quizá aquel era uno de esos lugares que jugaban a ser siniestros. Uno de esos pueblos fantasma donde los turistas acuden a la caza de los espectros para bañarse en ectoplasma y escuchar historias de sirenas o duendes entre los árboles. Quizá amasaban fortunas cada Halloween y colgaban siluetas de brujas de las farolas o erigían enormes hogueras para quemar a Guy Fawkes ante una multitud de espectadores ansiosos.

Annette volvió a apretarme la rodilla:

—Me alegro de haberte encontrado.

Me volví hacia ella y sonreí, pero en cuanto lo hice me di cuenta de que no tenía ningún sentido. Nadie podía verme la cara en la penumbra. El reflejo de las luces en las ventanas de las casas ondeaba sobre la superficie del agua como un tumulto hundido cargando antorchas en llamas. Casi podía oírlo: su murmullo, sus clamores y su sed de sangre. Me pareció la clase de lugar donde una multitud podía convertirse en una horda. Un rincón olvidado por la modernidad.

Por fin, el taxista tomó un desvío hacia una carretera que se alejaba del lago. El camino estaba flanqueado por árboles que inclinaban sus copas como dolientes, así que el aire estaba sumergido en una oscuridad tan densa que hasta la tenue luz de la luna y las estrellas quedaba velada por aquel dosel arbóreo. Algo crujía bajo las ruedas… gravilla, asumí, aunque en aquella negrura podría tratarse de cáscaras de huevo, caparazones o huesos. Me imaginé el vehículo avanzando por un camino plagado de cráneos y fémures disecados, con sus enormes ruedas glaseadas del polvo de esqueletos triturados.

Y entonces llegamos al corazón de una orgía de gigantes bailarines.

No, gigantes no. Se trataba de multitud topiaria de árboles podados para asemejarse a celebrantes con las extremidades suspendidas e instrumentos musicales en ristre, todos a la zaga del mayor de todos ellos: un hombre verde con un largo sombrero puntiagudo y una esbelta trompeta entre los labios; el Flautista del Follaje.

Pero esta bulliciosa multitud de hojas quedaba eclipsada por la fachada de una inmensa casa que parecía vigilarlos desde su trono; una mansión de piedra que imitaba el estilo Tudor con un desorden de almenas y torres y chimeneas amontonadas sobre vigas monocromáticas y ventanas abuhardilladas coronadas por picos al estilo Hansel y Gretel semejantes a sentenciosas cejas. La construcción tenía algo de antropomorfo, como si, más que una casa, fuera una maraña de personas amontonadas frente a mí mirándome desde las alturas.

Tropecé al salir del taxi y, como una damisela de película de época, mi mano terminó sobre Cyan.

—Cuidado —me dijo apoyando una mano en la curva de mi espalda.

Me asaltó entonces la certeza de que la casa abriría sus cavernosas fauces, me engulliría y yo caería por su esófago… caería, caería y caería en un descenso interminable, atrapada para siempre en ese estado de desplome sin más compañía que la oscuridad y mis ansiosos pensamientos, temerosa del final de mi descenso, pero ansiándolo también con resignación.

***

La puerta principal era pesada y estaba tachonada como las de las iglesias antiguas. Se abrió en cuanto llegamos y emergió de ella una mujer alta y esbelta con el rostro de Cyan y largos cabellos color alga. Llevaba puesto un vestido diáfano y, a pesar de su inmovilidad, todo en ella —el vestido, su cabello y una lánguida aura verdosa— parecía arremolinarse con suavidad, agitado por una imperceptible brisa (a pesar de lo inerte del aire de la noche) o suspendido bajo el agua. Me recordó a aquellos cuadros prerrafaelitas donde mujeres bellas, dolientes y rodeadas de flores se ahogan en estanques poco profundos.

—Arielle, es esta —la llamó Annette agarrándome del antebrazo y tirando de mí como si fuese a entregarme—. Es ingenua de corazón. Auténtica total. Pero súper adorable.

La única muestra de reconocimiento de Arielle consistió en levantar el mentón y dedicarme una sonrisa lánguida bajo su mirada altiva. Después, se volteó y, con el bajo del vestido levitando inexplicablemente, nos guio al interior de la casa.

En el vestíbulo, mis acompañantes se disolvieron entre el gentío de invitados, todos altos, gloriosos y de dudosa humanidad. Ángeles, pensé. Ángeles que, tras desplomarse sobre la Tierra, se habían vestido con pieles humanas para moverse invisibles a nuestra mirada. Traté de fingir seguridad y observé despreocupada una atestada estancia que me ignoraba. Exhibí una expresión de moderada admiración ante la intrincada alfombra, el pulido esplendor de los muros de madera y el tapiz que cubría las cuatro paredes y que representaba escenas de nobles sentados en mesas de banquete, dándose un festín mientras artistas y artesanos bailaban y esculpían y pintaban en sus márgenes. Los celebrantes comiendo a los pies de la escena parecían representar a Cyan, a Annette y a la nínfica Arielle, pero no tenía forma de comprobarlo porque quedaban parcialmente ocultos por los cuerpos de los invitados que se besaban para saludarse mientras, con largos y esbeltos dedos, se ahuecaban los cabellos y brindaban con sus copas de *champagne*.

Se derramaba sobre nosotros la tenue luz de una lámpara de araña coronada por una piña chapada en oro con una cresta de brillantes hojas. Rotaba tan despacio de su cadena que parecía estática, pero, vista desde cierto ángulo y durante el más breve de los instantes, la fruta se convirtió en cabeza, en el cráneo decapitado de una mujer colgado del techo con un sombrero de plumas y el rostro congelado en una mueca agónica.

—¿Estás bien?

Era la voz de Cyan. Su mano había regresado a la curva de mi espalda. Sentí la protuberancia del sello de su anillo contra mi columna, como una nueva vértebra que tratara de abrirse camino en mi cuerpo.

Sus palabras disiparon mi horrorizado estupor ante la ilusión —pues por fuerza se había tratado de una— de la cabeza amputada suspendida de la cadena. Volvía a no ser más que una piña dorada, una extravagante y afrutada lámpara de araña.

—Estoy bien —le dije.

Me sonrió mostrando los dientes.

—Ven —continuó—. Deja que te enseñe la casa.

Me llevó de la mano a través de amplias estancias llenas de curiosidades: paredes forradas de arriba abajo con frascos de especímenes conservados en formaldehído o cubiertas de relojes, cada uno con su propio compás. Los invitados se habían desperdigado por todas las habitaciones y daban la impresión de festejar con desenfrenado abandono, pero a cámara lenta, congelados en estampas de piernas y brazos y otros miembros enmarañados. Grupos de dos y tres se tornaban en enormes arañas de palpitantes exoesqueletos.

Mientras tanto, los rincones estaban abarrotados de observadores con cámaras y caballetes, cuadernos y carboncillos, todos inmersos en sus frenéticas labores en un intento de capturar la escena ante sí. O eso me pareció.

Cyan y yo no nos detuvimos. Me condujo hasta una amplia y sinuosa escalinata de madera donde alguien a quien no vi me alargó un vaso de un líquido esmeralda en cuanto puse un pie sobre el primer escalón. La bebida era dulzona y nauseabunda y me dejó la garganta tan pegajosa que me costaba respirar. Recuperé la compostura agarrándome al barandal y traté de olvidarme de la falta de aire examinando las fotografías enmarcadas que serpenteaban a lo largo de las paredes. Eran grupos de artistas posando junto a sus herramientas de trabajo: músicos con sus chelos, pintores con sus pinceles, escritores sentados con rigidez con sus máquinas de escribir en el regazo. Los quinestésicos ocupaban los bordes de aquella nube de imágenes: actores acariciando calaveras o frunciendo la expresión en máscaras grotescas, bailarines haciendo estiramientos, elongando las extremidades en ángulos imposibles, doblando los cuerpos sobre sí mismos como un lamento. Mientras subíamos las escaleras, Cyan me explicó que su familia albergaba una residencia para artistas desde hacía generaciones. Gran parte del arte de la casa se había producido ahí mismo y le había sido donado a la familia en agradecimiento por su patronaje.

—Como esto, por ejemplo —E hizo un ademán hacia la cima de las escaleras, donde colgaba un cuadro.

Era el enorme retrato de una mujer. Me horrorizó, pero en aquel momento no supe decir por qué. Había algo de extrañamente vivo en sus ojos. Sus irises eran demasiado realistas, excesivamente vigorosos. La habían pintado imitando el tenebrismo de Caravaggio, con un fondo negro iluminado por la llama de la única vela en el candelabro que sujetaba en la mano izquierda, y estaba confinada por los cuatro costados en un marco ornamentado con frutas y viñas de hojas doradas. La protagonista ocupaba todo el primer plano con su lujoso vestido azul, sepultada por capas y capas de organza a excepción de un pecho desnudo y de su mano derecha, extendida hacia el espectador, como si implorara salir del lienzo.

Sus ojos me siguieron mientras subíamos las escaleras y se quedaron conmigo cuando nos alejamos por los corredores superiores. Las puertas se abrían a nuestro paso como por arte de magia. La fiesta continuaba en cada estancia, donde cada escena era un destello como un portal hacia otro mundo. En una, un hombre lloraba desconsolado mientras tocaba *ragtime* en un piano de cola. A su alrededor, el público asentía compungido con un llanto que parecía tener un profundo y críptico significado que solo ellos podían apreciar. En otra, cuatro o cinco invitados hacinaban a Tiny en un baúl de té mientras ella se dejaba hacer, como si fuese perfectamente normal que te doblen sobre ti misma, miembro a miembro, como una muñeca de trapo.

Cuando llegamos al fondo del pasillo, me sentía mareada y los muros habían empezado a deshacerse. Los quicios de las puertas se inclinaban y fundían. Las ventanas ondulaban en sus marcos. Lo último que recuerdo ver por el rabillo del ojo fue una larga cortina marrón colgada como la ondulación de un cabello caoba derramándose sobre el hombro de una mujer.

***

Me desperté sumergida en agua.

No. La habitación donde me desperté estaba inundada de una extraña luz azul que dibujaba en las paredes resplandecientes olas como el reflejo de una piscina. Pero no era más que una artimaña de la noche. Las cortinas se habían quedado abiertas y la superficie del lago bailaba en el interior de la casa. Me encontraba en la cama de Cyan y, por un instante, sospeché que nos habíamos acostado, de la misma forma en que las películas insinúan un encuentro sexual entre dos escenas cuando la heroína se despierta entre sábanas ajenas. Pero seguía totalmente vestida a excepción de mis zapatos y él dormía rígido con el traje y las botas puestas arrinconado en un sillón orejero. No se había aprovechado de mí.

Tenía sed. Necesitaba un vaso de agua. Me incorporé con cuidado de no despertarlo y toqué el frío suelo con los pies desnudos. Se agitó y gruñó un poco, pero no se desveló.

Antes de irme, me volteé a mirarlo dormir: su grisácea piel aparecía violácea por la extraña luz acuífera, sus gruesos labios entreabiertos creaban un abismo entre los espesos mechones de su barba azul, su respiración emitía un suave silbido. En aquel momento, recordé su pérdida y sentí ternura por él, la clase de instinto de protección que produce un niño. La estaba soñando, pensé. En aquel momento, en su consciencia nocturna, ella todavía vivía. Su mundo ilusorio debía valer para él mucho más que la realidad.

En puntitas de pie, dejé el dormitorio y me sumergí en el denso silencio de la casa. Montones de cuerpos reposaban en los más extraños lugares:

a uno lo habían tirado en la bañera; otro, colgaba del barandal como un abrigo, doblado por la cintura y con la punta de la nariz apenas rozando el escalón de madera. También estaban apoyados contra las paredes y recostados en los muebles en muda conversación, con canapés aplastados en sus dormidos puños y copas de *champagne* colgadas de las yemas de sus dedos hasta que llegaba su momento de resbalar para hacerse añicos contra el suelo con un delicioso tintineo. Anduve cuidadosa entre los dormidos celebrantes, tanteando con mis pies descalzos en busca de parcelas de suelo vacías de brazos o piernas o torsos. Hubiese podido tomarlos a todos por maniquíes si no fuera por el casi imperceptible sube y baja de sus cajas torácicas.

En lugar de en la cocina, terminé en la terraza de uno de los pisos superiores. Hasta entonces, había creído estar en la planta baja, pero descubrí que todavía me quedaban varios pisos por bajar.

Había ahí un joven vestido únicamente con una bata de seda pintada y un par de botas militares con los cordones desatados. Estaba peligrosamente inclinado sobre la barandilla, a la que se sujetaba con una sola mano mientras la otra colgaba inerte a un costado sujetando un cigarrillo entre sus dedos. Di un paso y aplasté algo blando y plumífero que se partió con un crujido bajo mi peso, alertándolo de mi presencia. Ambos miramos al cuerpo del pavo real que yacía supino exponiendo su abombado y rotundo vientre azul y con las alas torcidas en un ángulo extraño, desfiguradas por mi agresión. Estaba disecado. No lo había matado.

—Pensaba que solo quedaba yo —comentó como si le sorprendiera descubrir que no era la última persona sobre la faz de la Tierra.

—¿No puedes dormir? —pregunté.

—Yo nunca duermo. ¿Quieres un tiro? —Y me ofreció el cigarrillo que llevaba entre los dedos.

Le dije que no fumaba, pero me uní a él en la barandilla. Me asomé para curiosear qué había estado mirando, pero solo vi una larga caída y negrura. Se volteó hacia mí, primero con los ojos y después con el resto de la cabeza. La forma en que contorsionó el cuello me recordó a un pájaro. Le sostuve la mirada y él rio, le dio una calada a su cigarrillo y exhaló una humareda de vapores blancos a la oscuridad.

—¿Hace cuánto que conoces a los Deacon? —continuó.

—¿A quiénes?

Me miró confuso, como si hubiese dicho algo profundamente estúpido.

—A los Deacon… A Cyan Deacon y a su hermana Arielle. Los dueños de todo esto —E hizo un ademán abarcando vagamente los alrededores.

—Ah, no tenía ni idea... Los he conocido esta noche.

Dio otra calada y echó la cabeza hacia atrás, exhalando hacia la luna con los labios fruncidos.

—¿Esta noche? ¿Y cómo te has colado aquí dentro?

—Me han invitado.

Abrió los ojos de par en par y dobló la columna hacia atrás desde la cintura para examinarme de arriba abajo. Su cuerpo eran todo ángulos inquisitivos y envidia mal disimulada.

—Chica, tienes que ser algo especial. —Aquel no fue un «chica» condescendiente, sino que revestía de una familiaridad que sugería un afecto conspirador—. Había oído rumores. Dicen que lo de Evangeline Taylor fue así, pero no me lo creía.

Evangeline Taylor... Mi cerebro no terminaba de situarla, pero entonces recordé haber visto su primera exposición en el Tate Modern. «Un brillante lucero», la había llamado el Times. «Una joya ígnea destinada a insuflar nueva vida en el mundo del arte». Entonces, desapareció de la noche a la mañana. No en el sentido figurado; sino que se esfumó sin dejar rastro y nunca la encontraron. Un puñado de críticos de arte jóvenes escribieron en sus blogs que se trataba de una estrategia publicitaria, pero ya habían pasado varios años y nadie había vuelto a saber nada de ella.

Le pregunté qué tenían que ver los Deacon con Evangeline Taylor.

—La descubrieron. No, la crearon. Y a ti también te van a moldear, chica. Y, si sabes lo que te conviene, te vas a dejar. Tú solo intenta no olvidarte de nosotros. —Me apoyó la mano que sostenía el cigarrillo en el hombro—. De los que llevamos toda la vida esperando que se den cuenta de que existimos. Acuérdate de nosotros.

Nos quedamos juntos en aquella terraza hasta las primeras luces del alba. Me habló mucho de sí mismo, de cosas íntimas e inapropiadas; de traumas infantiles, familiares tóxicos y amores no correspondidos que todavía lloraba. Pero nunca pareció tan abatido como cuando me habló de Jessie Meng.

Jessie era una bailarina que los Deacon habían descubierto hacía un par de años. Había sido la mejor amiga de la infancia de mi compañero y su relación había continuado durante su formación como bailarines. Pero, cuando los Deacon se fijaron en ella, la arrastraron al mundo de las audiciones y las funciones y ahora se había convertido en la *prima ballerina* del English National Ballet. Era imposible contactar con ella. Demasiado ocupada para juntarse con sus amigos, suponía. Hacía un año que nadie la veía fuera de un escenario. Ni siquiera su familia podía arrancarle más que alguna llamada ocasional y, en aquellas raras ocasiones, las conversaciones eran un frío trámite.

—Y aún así —dijo, aplastando la fulgurante colilla bajo la puntera de su bota—, aquí seguimos todos. Buscamos desesperados a los Deacon, bailamos en sus fiestas, nos morimos por que nos escojan. Porque son la gallina de los huevos de oro. La puta gallina de los huevos de oro. —Me pellizcó la barbilla y me dio un beso en la punta de la nariz—. No dejes pasar la oportunidad. Ni se te ocurra.

Entonces, cuando la mañana empezó a derramarse sobre el lago, se escurrió entre las sombras de la casa.

***

Me despertó el ruido de una aspiradora. Una mujer vestida solo con ropa interior y una boa de plumas amarilla la estaba pasando bajo la butaca donde me había acurrucado a dormir. Debía rondar el mediodía y, a mi alrededor, todos los invitados de la noche anterior limpiaban, llenaban bolsas de basura de plástico negro y trapeaban manchas de bebida coaguladas del parqué. Deambulé por la casa y la descubrí llena de gente semidesnuda hundida hasta los codos en guantes de goma o a cuatro patas con cepillos y recogedores, todos erradicando industriosamente los rastros de la bacanal nocturna. Cuando pasé junto a un baño en la primera planta, vi a una doble de la Kylie Minogue de principios de los dos mil tirada por el suelo —minúsculo top *halter*, ajustados pantalones dorados, brillante melena derramándose por su hombro— sacando una bola de pelo de un desagüe. Mi compañero de la terraza estaba ahí con ella rascando el inodoro con una escobilla. Me saludó con ella y me dedicó una sonrisa cómplice. *Acuérdate de nosotros.*

Busqué a mis anfitriones pero, como no los encontré, agarré una bolsa de basura a medio llenar que alguien había dejado tirada en un rincón y seguí alimentándola con los vasos de plástico usados y las servilletas arrugadas que fui encontrando tirados. Todo el mundo trabajaba en silencio.

Alguien se me acercó por la espalda y me cubrió los ojos con las manos. Sentí el filo de un mentón clavarse en el hueco de mi clavícula. Traía consigo un aroma a madera encendida e incienso. Cyan.

—Dilo tres veces —me susurró cuando aventuré su nombre.

Y solo me soltó cuando lo hube invocado por triplicado. Entonces, me rodeó la cintura con los brazos. Fue un gesto extraño. Demasiado íntimo. ¿Qué habría hecho durante aquellas horas perdidas de la madrugada para invitar aquellas caricias? ¿Habría mostrado alguna clase de interés por él? ¿Hecho cosas que ya no podía recordar? En todo caso, me gustaba la aspereza de su barba contra mi mejilla, su olor a incendio forestal.

Más tarde descubriría que aquella clase de cercanía se extendía a todo el círculo de confianza de los Deacon. Paseaban agarrados de las manos, se saludaban con besos en los labios, jugueteaban distraídos con los cabellos de sus acompañantes mientras conversaban. Pero todavía no sabía nada de eso.

Entonces, ahí parada, entrelazada con él, preguntándome cómo responder, sin saber qué clase de intimidades había olvidado, Annette surgió de una puerta cercana vestida con un revelador pijama de seda, un par de botas de agua y una boina inglesa. Me quitó la bolsa de basura de las manos y la tiró para un costado diciendo:

—Oh, no, querida, esto no es para ti.

Después, me agarró de la mano y me condujo por la casa con Cyan a nuestra zaga. Cuando llegamos a la escalinata, asió una botella de *champagne* de una mesa auxiliar, le dio un largo trago y me la alargó.

—Para la resaca —me ordenó con una mirada por encima del hombro.

Obedecí.

Me llevó a la cocina, donde un grupo selecto desayunaba sentado a una mesa de campo; Cyclops, Tiny y más gente a la que no reconocí. Se fundían acostados sobre mesas y sillas con las extremidades extendidas y los pies apoyados entre jarras de leche y tarros de *chutney*. Con los nudillos a ras de suelo y el flácido colgar de sus cabezas me recordaron a los cuadros de Boucher con sus cuerpos semidesnudos en escenas de caótica relajación. Sus gestos revestían la languidez de los moluscos, un movimiento exagerado y lento.

No me ofrecieron nada de comer. En cambio, Cyan volvió a agarrarme la mano y me sacó de la cocina hacia los jardines, más allá de los rosales y de los estanques de azucenas y de una blanca y resplandeciente estatua a tamaño real de un hombre trabajando la tierra. De cintura para arriba, el hombre-estatua tenía el torso desnudo y podría haber salido de la galería de escultura clásica de un museo, pero, de cintura para abajo, era tremendamente moderno, vestido con unas bermudas y unas botas de trabajo cinceladas hasta el más mínimo detalle: las costuras, los cordones, el logo de la marca bordado… Quise detenerme a comentar lo ingenioso de la escultura y a admirar su impecable fusión de lo clásico y lo contemporáneo, pero Cyan no me dejó.

En un remoto rincón de los jardines, había una cabaña de madera. Cyan abrió la puerta con una intrincada llave y reveló una amplia estancia bañada de luz. Era un taller con un banco de trabajo, una rueda de alfarería, cubos de cinceles, espátulas, sierras, armazones y brochas.

Mientras me paseaba por la sala, Cyan no se movió de la entrada. No cruzó el umbral. Sobre la puerta, me vigilaba un enorme ojo: un *nazar boncuğu* de cristal formado por círculos concéntricos; primero azul marino, después turquesa, luego blanco y, por último, una pupila negra en el centro. ¿Quién lo habría puesto ahí? ¿El anterior inquilino? ¿De qué trataba de protegerse?

—Reservamos esto a nuestros artistas más prometedores —dijo Cyan cuando hube completado la segunda vuelta alrededor de la sala, tocando las herramientas y acariciando el banco de trabajo—. Ofrecemos una única residencia al año. Es tuya si la quieres. —Debí parecer dubitativa, porque añadió—: No tienes que pagar nada.

***

Dos hombres trajeron mis pertenencias en una furgoneta. Annette me había dicho que no tenía sentido irme a vaciar mi apartamento cuando los Deacon podían pagarle a alguien para hacerlo por mí. Cuando traté de rechazar su ayuda (*De verdad que no me importa. Me gustaría acercarme…*), me cortaron con *¡Tonterías! Menuda pérdida de tiempo* y al final me dejé convencer. No quería parecer desconsiderada o desagradecida o escrupulosa, lloriquear por cosas que estaba claro que les parecían irrelevantes. Ni siquiera parecían entender por qué quería recuperar mis cosas:

—Podemos conseguirte lo que te haga falta —dijeron.

—Pero ¡necesito mis libros, mis bocetos y mi porfolio! —protesté.

Eso sí que lo entendieron. Lo que no les dije es que el resto de mis cosas también me importaban: mis camisetas raídas y mis vaqueros gastados, el oso de peluche que gané en una máquina de gancho, la vajilla de Wilko que tenía desde la universidad, mi almohada favorita. Y Gerald el gato. Tampoco les dije que quería despedirme de mi cochambroso apartamento con olor a sardinas.

Al final, dieron por zanjada la conversación. Se aburrieron. Dejaron de prestar atención a mis protestas. No contestaron a más preguntas. Se limitaron a distraerse hojeando las revistas de arte nicho que decoraban la mesita de café y mandaron a buscar mis cosas, empacadas por manos ajenas y entregadas en su casa.

Entonces, empecé a construir mi nueva vida. Llené los estantes con mis baratijas y establecí una rutina: hacía bocetos o esculpía por las mañanas, utilizaba las tardes para investigar la extensa librería o las colecciones de arte de la casa y pasaba las noches con los Deacon leyendo, bebiendo o inmersa en conversaciones que siempre parecían una obra de teatro.

Hasta que un día desaparecieron.

De la noche a la mañana, sin avisar, los Deacon y su corte se esfumaron y me dejaron sin más compañía que el ir y venir del servicio, que se movía por la casa como sombras de la tarde arrastrándose por la hierba. Limpiadores, jardineros y mayordomos se escabullían por las puertas en cuanto me veían venir o, si los acorralaba en alguna estancia, se negaban a mirarme a los ojos, como si fuese una reclusa o un monstruo.

Vagaba desorientada por los terrenos, tratando de sentirme como en casa como me indicaba su nota (*Siéntete como en casa, querida. Nos vemos pronto. Besitos*). Me acostaba en sus mullidos sofás y después me angustiaba por la silueta que dejaba mi cuerpo en el relleno y lo ahuecaba hasta borrar mi figura. Me daba baños calientes rodeada de velas, recostada en la bañera y apuntando suntuosamente con un pie al aire, pero entonces me asaltaba el terror a excederme, a parecer una advenediza que pretendía aprovecharse de su bondad, así que salía del agua a toda prisa, me secaba de cualquier manera y corría húmeda y tiritante de vuelta a mi trabajo en los jardines. Me hacía la cena en su cocina, removía ollas de insípidas sopas en sus fogones y reconocía el reflejo del cabello turquesa de Cyan en el azul de su llama química, su cabeza en la ondulación del fuego.

Y entonces empecé a ver cosas en aquella casa que no era mía, pero por la que vagaba en soledad las noches en que me evadía el sueño.

Había, por ejemplo, un par de zapatillas de *ballet* que parecían moverse por cuenta propia. Una noche, me las encontraba colgadas de una lámpara en *pointe;* otra, congeladas en el gesto de encaramarse a la escalinata. Una vez, las descubrí cuidadosamente dispuestas lado a lado a los pies de una silla, como si se las hubiera calzado una silenciosa persona hecha de aire.

Noche tras noche, seguí el camino de aquellas zapatillas a lo largo de la casa, pero nunca logré explicar cómo se movían porque, incluso cuando estaba sola —cuando los Deacon se iban a uno de sus viajes a Florencia, París o Praga— aquella pareja andaba sin pies.

En una ocasión, sobre la medianoche, mientras leía en un sillón orejero en la sala de los relojes, algo se agitó en mi visión periférica. Cerca del suelo, en el rincón donde se encontraban dos rodapiés, algo se movió con una suerte de espasmo y, sin siquiera mirar, supe que era una araña. Las inconfundibles sacudidas de sus articuladas piernas arácnidas me hicieron levantarme de un brinco de mi asiento. Y ahí estaba, una maraña de larguiruchas piernas negras con trémulas articulaciones que se extendían por el parqué listas para correr o saltar o…, pero no. No era una araña. Era una maraña de pelo negro, de pelo humano, enredado en un denso nódulo central del que brotaban tentáculos, arrastrada por la corriente como una planta rodadora.

Solté una risita, apenas una exhalación por las fosas nasales. La extraña soledad de aquel lugar me había vuelto asustadiza. Veía cosas que no eran y me sobresaltaba con facilidad. Recordé haber leído una historia sobre una casa cuyo papel pintado envenenado hacía perder la cabeza a sus inquilinos. Con eso en mente, me agaché para recoger el nudo de pelo del suelo, pero se escabulló entre mis dedos. Por un instante, recogió sus ocho patas, las flexionó con fuerza y, en un estallido de energía, cruzó el parqué a la carrera y desapareció tras una esquina. Mis ojos no me habían engañado en ninguna ocasión: era una araña, pero también era pelo humano. Muerto y desterrado de la cabeza de su propietario, había cobrado vida y ahora podía correr.

***

Durante sus viajes por Europa, los Deacon me enviaban correos. *Tchüss desde Berlín. Bisous desde París.* Solo podía recibir sus mensajes desde una pequeña salita en un torreón en un rincón alejado de la casa. Había buscado por todas partes y no había encontrado un solo ordenador o teléfono. Le había preguntado a una de las limpiadoras que iban y venían, pero se había limitado a bajar la cabeza, mirarme el codo y repetir «No sé, no sé», como si se sintiera avergonzada o me temiera. Sin embargo, tenía algo de cobertura en la cúspide del torreón, así que revisaba los correos de los Deacon desde ahí.

Me escribían sobre los encargos que recibían en mi nombre, me mandaban conversaciones enteras, instrucciones de coleccionistas que querían alguna escultura. Me pedían que les redactara listas de los materiales que necesitaba para cada una y me los hacían llegar a la casa. Y, si no contestaba lo bastante deprisa, volvían a escribirme una y otra vez, reenviándome siempre el mensaje anterior para que viera la acumulación de mensajes preguntándome si había visto las instrucciones, si tenía problemas con mi correo y si estaba bien. Así que mis viajes ahí arriba se volvieron cada vez más frecuentes.

En aquella estancia a la que acudía a enviar misivas al vacío, había un plinto; un pedestal de mármol negro con una placa grabada que leía *Mujer (des)hecha*. A menudo me detenía frente al aire vacante y me preguntaba qué debería ocuparlo. La efigie de una mujer, suponía, en un estado de miseria o gran esfuerzo. O quizá algo más abstracto, un símbolo de la feminidad o del concepto mismo de Mujer. ¿Habrían mandado aquel artefacto a limpiar o restaurar? ¿Lo habrían prestado a una exposición? ¿Vendido? El nombre del artista no figuraba en la placa y también me pregunté por ello. Si quería permanecer innombrado, ¿por qué no firmar con «Anon»? Quizá el pedestal era una aspiración dedicada a una obra ya imaginada, pero todavía no ejecutada. O quizá el plinto vacío, el aire estancado, la críptica placa nombrando a una pieza inexistente... quizá esa era la idea. Quizá era una metaestatua donde no debía haber ninguna mujer porque estaba «deshecha», borrada y ya no era. Ahora solo quedaba la *performance*, mi coautoría de la obra que me tentaba a observarla hipnotizada, dubitativa, inmersa en mí misma, convertida en una mujer deshecha.

Sonreí satisfecha. Era ingenioso. La clase de ingenio que esperaba alcanzar ahí dentro. Debía volverme enigmática. Délfica.

***

Un hombre que trabajaba en la City comisionó dos esculturas para su despacho: una de la vulva de su mujer y otra de la de su amante. Quería algo lo bastante sutil para que no fuese obvio que tenía estatuas pornográficas en la oficina, pero no tan sutil como para que no pudiera apreciarse el parecido. Quería decorar su escritorio con vulvas-no-vulvas.

Su solicitud me llegó vía uno de los correos de los Deacon, acompañada de varios archivos adjuntos: un vídeo de su despacho, capturas de pantalla de esculturas que admiraba (Lynda Benglis y Kate MccGwire) y dos fotografías de vulvas que, a la postre, también imprimieron y me enviaron por correo postal.

Me senté en mi taller y clavé la mirada en esos dos coños. Me pregunté por las mujeres a quienes pertenecían. ¿Sabrían que sus vulvas habían sido entregadas a una extraña? ¿Que ahora estaban colgadas de mi pared como un par de bocas en conversación? Me senté ante ellas durante horas pensando en la solicitud de aquel hombre. Me pareció algo extraño y posesivo, incluso misógino. Como una serpiente que se muerde la cola, su odio hacia la mujer se había convertido en una suerte de adoración obsesiva que lo empujaba a convertirlas en iconos. Me recordó a Pigmalión y a Midas y me pregunté si debería hacer alusión a esos mitos. ¿Y si convertía el proyecto en una mofa a aquel hombre sin que lo supiera? ¿Sabría esculpir una burla-no-burla? Lo tenía en la punta de la lengua. ¿Algo con una lengua? ¿Quizá podía ponerles lenguas o dientes a las vulvas?

Pero algo me impedía empezar el encargo. Moldeaba un clítoris o una trompa de Falopio en arcilla e, inmediatamente después, perdía la voluntad y dejaba el fragmento tirado y solitario en algún rincón de un taller abarrotado de genitales parcialmente formados.

Con el paso de las semanas, mis anfitriones empezaron a presionarme y a preguntarme por el progreso de mi trabajo. El cliente se impacientaba. Había pagado un depósito y no había recibido nada a cambio. ¿Qué estaba haciendo? ¿Trabajaba en absoluto? ¿Acaso no entendía que estaba poniendo en juego su reputación? Con el riesgo que habían tomado conmigo...

Bajo el peso de su represión, vagué deprimida por la casa vacía en una neblina de autocompasión, echando de menos a Gerald el gato y la comodidad de mi cochambroso apartamento, su persistente olor a leche agria y sardinas que ninguna cantidad de velas aromáticas podía ocultar. Las amplias estancias de techos altos de los Deacon, con sus cuadros colgados de rieles y sus intrincados papeles pintados, me recordaban a la National Portrait Gallery, por cuyas exposiciones solía pasearme en silencio, consciente de estar siendo observada por ojos invisibles igual que en mis años de estudiante, como si mis profesores y compañeros, los guardias y las cámaras de seguridad me vigilaran, miraran mi cuaderno y me juzgaran.

En mi deambular, llegué a una habitación que no había visto nunca. Una salita auxiliar desnuda, pequeña y hexagonal, ocupada solo por una máquina de escribir sobre un atril. Era una Olympia del tono azul pastel que había estado tan de moda en los sesenta. Su estuche estaba abierto en un bostezo y le faltaban muchas teclas, como dientes que le hubieran saltado a golpes.

Siempre me han gustado las máquinas de escribir, la arrogancia de su intrincada anatomía. Los tipos me recuerdan a clavículas y, si los miras desde el ángulo adecuado, siempre parecen tener rostro. Hace tiempo que quiero usar sus piezas en una escultura, reordenarlas para formar un cuerpo humano componiendo un texto, inclinado por la concentración, con los dedos apoyados en sus teclas (en este caso, de piano). He bautizado mentalmente la obra como *Ceci n'est pas una machine à écrire* porque su estructura sigue siendo y ha dejado de ser una máquina de escribir.

Pensaba en la obra mientras miraba la Olympia, en cuáles de sus piezas harían bien de tibia o de codo, y le acaricié distraída la platina con la yema de un dedo... Y la máquina cobró vida bajo mi piel.

Todas sus teclas arrancaron con estrépito un exaltado movimiento y las palabras empezaron a materializarse sobre la página a una velocidad frenética. Pero no decían nada. No eran más que un embrollo de letras sin sentido unidas por un brote de locura. Había una gramática en aquel tecleo: las palabras se disponían en cláusulas, frases y párrafos y estaban cuidadosamente puntuadas con todo el abanico de signos —puntos finales, comas, signos de interrogación y admiración— pero ninguna significaba nada.

Sin embargo, la máquina parecía estar tratando de comunicarse. Era como si una presencia invisible junto a mí me escribiera con urgencia, pero que, sin su conocimiento, alguien le hubiese robado las palabras de los dedos desemparejando teclas y tipos, como una broma cruel que le hubiese privado de voz.

Me asusté. Me sentí vulnerable y expuesta en la oscuridad, de espaldas a la puerta abierta y al vasto pasillo más allá de su umbral. Cualquiera, cualquier cosa, podía saltar desde la penumbra, amordazarme y arrastrarme fuera (o, peor, abajo) hacia un destino incierto.

Así que hui. Hui de la frenética máquina y la dejé con su maniático repiqueteo en aquella horrorosa y atosigante salita auxiliar. Hui de la casa y de sus exposiciones embrujadas, por los jardines y hasta la seguridad de mi cabaña. Ahí, improvisé una cama. No quería pasar aquella noche en la casa. Pero no dormí. Seguí viendo el resplandor de la máquina en el aire frente a mí, las letras de una frase incomprensible que aquel tecleo enfermizo había repetido una y otra vez hasta dejarla grabada en mi retina:

¡Suifs! ¡Rdypo syts`sfs!
¡Suifs! ¡Rdypo syts`sfs!

¿Qué horribles secretos escondía aquel mensaje? *¡Suifs! ¡Rdypo syts`sfs!*

***

A la mañana siguiente, a la racional luz del día, pensé que me había comportado como una tonta. La máquina de escribir encantada era obviamente una obra de arte cinético. Probablemente estaba mecanizada como una pianola para dar la impresión de tener vida propia. No estaba viva. No era el conducto por el que se canalizaba desde el más allá un escritor invisible. Dentro de la máquina habría un sistema neumático que movía los tipos. A aquella cosa la animaba la mecánica, no la magia. A pesar de todo, me tomó toda la mañana reunir el valor de regresar a la salita auxiliar y examinarla de cerca. La miré por todos los ángulos, incluso la puse del revés y la estudié por debajo. Pero no encontré nada que traicionara su diseño.

Me llevé la máquina a la cocina y la golpeé contra la mesa con la esperanza de que se abriera, pero se me resistió. En un frenesí, agarré un cuchillo de trinchar del taco y lo utilicé para hacer palanca entre las ranuras de su estructura. Pretendía partirla como una nuez, como una caja torácica, para destriparla y demostrar que no era una máquina mágica, sino el fruto de un inteligente truco de ilusionismo. Apoyé todo mi peso en aquel cuchillo para tratar de forzarla, pero no dio muestras de flaquear.

Fue un acto irresponsable que podría haber salido muy mal. El cuchillo podría haberse soltado y haberme abierto la mano o la cara.

En cambio, el metal cedió de golpe y, en ese mismo instante, los Deacon aparecieron en el umbral de la cocina, boquiabiertos, consternados, mientras una mitad del torso de la máquina repiqueteaba contra el suelo de piedra y la otra reposaba sobre la mesa con las entrañas expuestas. Un denso líquido brotaba y brotaba de su abdomen y goteaba desde el borde de la mesa hasta la losa.

Lo más extraño era el color. La tinta con que la máquina había escrito su críptico mensaje había sido negra, no roja.

***

Los Deacon organizaron un seminario. Invitaron a una *performer* brasileña y a un público compuesto por decenas de artistas y curiosos. Me hicieron el vacío durante las semanas que siguieron a su retorno; me pasaban de largo por los pasillos sin mediar palabra y me servían la cena en una bandeja para dejarme claro que no era bienvenida en la mesa comunal. Pasaba los días recluida en mi taller o en mi cuarto, avergonzada, sola. Pero ¿qué otra cosa podía hacer? Para entonces, sin duda ya habrían alquilado mi viejo apartamento y había dejado mi empleo por aquella residencia. Estaba atrapada.

Entonces, durante la víspera del seminario, Cyan rompió el silencio y vino a hablar conmigo. Me contó que había organizado el evento para mí y que debía prestar mucha atención a la artista visitante.

Afirmó que mi problema era que tomaba demasiada distancia de mi propio arte, que no lo vivía de verdad. Había una artista que creaba artefactos con los deshechos de su cuerpo, que trenzaba su propio pelo en textiles, que pintaba con su sangre menstrual, que creaba esculturas diminutas con sus uñas y dientes de leche. Eso, me dijo, era una artista.

Creí que había terminado su sermón porque hizo una larga pausa, así que traté de moverme para soltar mi brazo de su férreo agarre, pero continuó:

—El artista es, y siempre ha sido, una suerte de sacerdote que guía a las personas hacia toda clase de pensamientos y experiencias que lo mundano de la vida diaria les ha hecho olvidar. Pero, como cualquier sacerdocio, este exige un sacrificio. Sangre en el altar.

Me habló de los pies ensangrentados del bailarín, de la piel rota y en carne viva del escultor, de los cansados ojos rojos del escritor entornados hacia la madrugada. Sangre, sangre, sangre. Al fin y al cabo, ¿no dijo Lorca que la creación artística es un duelo de sangre y muerte?

Le dije que no sabía qué había dicho Lorca.

Me contestó que me buscaría el texto en la biblioteca para dármelo a leer. Al parecer, era muy instructivo.

—La inspiración —zanjó— es un duende.

Asentí, confusa, pero mi gesto pareció satisfacerlo, así que me soltó y se fue.

***

Se atenuaron las luces y el brillo de un foco iluminó un tocón en mitad de la tarima. Por los altavoces sonaba el lento retumbar de unos tambores primarios, un ruido sordo que rompía el silencio. Junto a mí, a mi alrededor, escuchaba la respiración del resto del público.

Por fin, apareció la *performer*. Llevaba un amplio vestido blanco con tiras de tela que colgaban como una toga y que dejaban su espalda totalmente descubierta. Cruzó la tarima como si cargara sobre sus hombros el peso de milenios. Sus andares me recordaron a los de un avestruz: iba doblada por la cintura, con los brazos extendidos tras ella y elevaba las piernas del suelo a cada paso, levantando mucho las rodillas y bajando los pies hasta el suelo con la delicadeza y fluidez de una bailarina. Se subió al tocón y, sin erguirse, empezó a realizar lánguidos gestos ondulantes con los brazos, como un cisne alzando el vuelo. Entonces, la enorme pantalla tras de sí proyectó una imagen de su espalda. Había una cámara en alguna parte, pero no alcancé a localizar dónde estaba.

La artista se acuclilló sobre el tocón de cara al público y su ayudante se le acercó por detrás. Sobre su cabeza sostenía una gran pluma blanca cuya punta se estrechaba hasta convertirse en una larga y delgada aguja, casi un filamento. Algo se revolvió en mi estómago. ¿Qué pretendía hacer con eso?

Se acercó a la artista y se detuvo junto a su espalda expuesta. Acto seguido, la pantalla mostró cómo le hundía la pluma justo debajo del omoplato izquierdo. Al principio, la piel se resistió y la aguja no creó más que un pequeño surco, pero la tensión terminó siendo demasiado grande y la piel cedió, acogiendo la aguja bajo su superficie y derramando una perfecta lágrima de sangre.

Y llegaron más y más.

Sus asistentes le sembraron la espalda de agujas cuyos largos cuerpos desaparecían bajo su dermis. El rostro que nos miraba no daba ninguna muestra de dolor salvo la más ínfima mueca, no más larga que un parpadeo, no más que una microexpresión.

Uno tras otro, se le acercaban, le cosían la espalda con las plumas-aguja y se iban a buscar la siguiente. De frente, la imagen era hipnótica: ¡era un ángel! Un ángel de carne y hueso vestido de blanco cuyas enormes y níveas alas crecían pluma a pluma y se abrían como un abanico. Pero la pantalla mostraba una carnicería. El correr de la sangre ya no era un goteo, sino riachuelos que empapaban su espalda y mancillaban la tela de su vestido. A medida que el lienzo de su cuerpo se había llenado, la posición de algunas plumas se había vuelto torpe y las agujas surgían de su piel solo para penetrarla de nuevo en otro punto, como un agónico pellizco. La artista se mostraba estoica con una expresión pétrea y resolutiva, pero, llegado cierto punto, alcancé a ver resbalar por su mejilla una solitaria lágrima.

Quise irme. Quise darme la vuelta y salir de ahí. Pero estaba acorralada por los cuatro costados por el resto de la audiencia. Aquello era abuso. ¿Por qué se sometería una artista a semejante tortura pública si no estaba siendo explotada? Entre la multitud, percibí la expresión de un par de personas más que también parecían incómodas. Nos dedicamos mudas miradas de horror. Pero no podíamos hacer nada.

Al final de la *performance*, los asistentes se retiraron caminando de espaldas como habían hecho durante todo el proceso, con las manos unidas en oración, deferentes, acunados por un silencio absoluto (los tambores se habían detenido). La artista se enderezó cuan larga era y el movimiento retorció su horadada piel, escurriendo más sangre como un trapo mojado. Dejó caer su vestido y, totalmente desnuda, se irguió ante nosotros sobre aquel tocón con las alas extendidas. Era una estatua de carne y sangre.

Hubo un aplauso. Primero, tentativo; después, más seguro. Entonces, Cyan se subió a la tarima. Se encendieron las luces y la artista fue arrancada de la *performance* y lanzada al espacio que todos habitábamos. Ya no era una criatura ni un concepto ni la encarnación de temas e ideales. Era una mujer que sangraba y respiraba.

Pero Cyan no le ofreció la mano ni la invitó a bajar del escenario. La dejó ahí parada mientras se dirigía a nosotros. Les dio las gracias a los participantes y compartió su interpretación de la obra y de lo que podíamos aprender de ella. Por fin, con la escandalosa seguridad de un teleevangelista, concluyó:

—Los artistas forman parte de un sacerdocio sagrado y han sido llamados por el más alto de los propósitos. —Me miró directamente y terminó—: El arte es un servicio. Un sacrificio sagrado y purificador.

***

Hice lo que me pidieron. Esculpí las vulvas y se las entregué al cliente de la City. Di a luz a grotescos híbridos humano-animal y a rostros fundidos y a esculturas cinéticas que gritaban al tocarlas. Me convertí en la protegida perfecta. Demostré gratitud y obedecí todas sus instrucciones.

Para recompensarme, encargaron mi retrato. Me consagrarían en un muro del pasillo del primer piso junto a sus residentes de mayor renombre. Sería una fotografía, algo ambiental que me situara en mi lugar de trabajo y que mostraría la simbiosis entre la artista y su hábitat. Así me lo plantearon.

—Pero no te puedes poner eso —dijo Arielle, haciendo un vago gesto con su uña verde hacia mi torso, mis piernas y mis pies.

Annette concurrió y me dijo:

—Tiene que ser auténtico, pero no *demasiado* auténtico, ¿sabes?

No era una pregunta. Mi perspectiva era irrelevante para el proceso.

El día de mi retrato, la fotógrafa preparó su material en el taller y Arielle me arregló en uno de los opulentos cuartos de baño de la casa. Me mandó arrodillarme junto a la bañera de patas de garra y me hizo asomar la cabeza sobre el borde para lavarme el pelo. Por el rabillo del ojo, vi cómo los grifos de latón pulido en forma de leones con las fauces abiertas me observaban mientras vomitaban torrentes de agua. En aquella postura, arrodillada en el suelo con la cabeza colgando hacia adelante y el cuello apoyado en el borde de la bañera, me imaginé esperando la caída del resplandeciente filo de una guillotina.

Arielle no trató de darme conversación mientras me masajeaba el cuero cabelludo con líquidos perfumados y se limitó a tararear una canción que no supe identificar, pero que me resultó familiar. El vigor de la melodía y lo repetitivo de su estructura me hicieron suponer que debía tratarse de alguna clase de saloma. La casa parecía llevar el rimo de su acelerado tarareo con rítmicos golpes sordos que provenían de algún lugar indeterminado —supuse que de las tuberías— en perfecta sincronía con la canción.

Cuando estuve limpia y seca, llegó el momento de vestirme. Escogió para mí un vestido que me trajo acomodado entre sus antebrazos como un paramédico llevaría un cuerpo inconsciente. Era pesado y estaba hecho de Jacquard azul Klein con un estampado barroco. Era inabarcable; capas y capas de vestido que me asfixiarían en sus profundidades. Pero Arielle me puso en pie con brusquedad y me obligó a dar una vuelta de ciento ochenta grados para colocarme frente a un espejo de cuerpo entero.

En aquel vestido, por un instante, dejé de existir.

Me llevó unos segundos procesarlo pero, cuando traté de encontrarme en el reflejo, descubrí que me había fundido con las paredes y que ya no era más que una cabeza flotante.

No, me lo estaba imaginando.

Llevaba un vestido azul marino sobre un fondo turquesa. El estampado del Jacquard era similar al del papel pintado, ornamentado y barroco. No, todo había sido un truco de la luz, un lapso de mi percepción.

Estaba ahí mismo. Categóricamente ahí. Con los bordes definidos, separada de mi entorno y presente.

***

Mi fotografía cuelga de un muro del vestíbulo. En un extremo, en la cima de la escalinata, está la mujer con el vestido azul de organza. Y al otro lado del pasillo, en directa oposición, estoy yo.

Al principio no reparé en ello, pero terminé por entender que mi retrato estaba pensado para complementar el suyo. ¿Por qué me vestirían si no con aquel vestido tan discordante con el taller? En el fondo estaban mis herramientas y proyectos inacabados; gigantescas losas de piedra y arcilla, trozos rotos de metal, como una versión contemporánea de las tabernas de Cornelis Bega: desorden, polvo y caos. Y en primer plano estaba yo; enorme, azul y grotescamente arreglada, como una niña que jugara a disfrazarse con los vestidos de su madre.

Somos como gárgolas gemelas que cargan con el peso de la casa. Por algún motivo, el dúo que formábamos me hizo sentir que le debía algo —una cierta sororidad— así que empecé a fijarme en ella cuando antes apenas le había prestado atención. Y así descubrí que era inquieta.

Nunca era la misma cuando pasaba frente a ella. Y no me refiero a la forma en que algunos cuadros cambian según la incidencia de la luz o cómo una franja de sombra puede insuflarle un nuevo aire a una obra. Esta era inexplicablemente distinta. A veces sostenía la vela encendida y otras se cubría el rostro con las manos. Un día tenía un gato acurrucado en el regazo y otro estaba bordando un cojín. A veces estaba en primer plano, más grande que la modelo real y lo bastante cerca para tocarla, pero, ocasionalmente, se alejaba y se convertía en una figura distante en un rincón del lienzo.

Era imposible. Debía haber una explicación. Quizá se trataba de un cuadro que solo mostraba una cara de un objeto tridimensional rotatorio empotrado en la pared que giraba periódicamente a escondidas para mostrar otro cuadro en otra cara. Quizá cada imagen pertenecía a una serie de cuadros unidos en una sola tira de papel movida por dos rodillos como en las marquesinas antiguas. Pero todas mis teorías se desmoronaron cuando examiné el marco y lo separé de la pared. El cuadro era plano, no una faceta de un prisma, y no tenía un marco lo bastante profundo para esconder un mecanismo interno que moviera el lienzo.

—La quería mucho.

La voz me sobresaltó y me hizo soltar el marco, que retumbó contra el muro. Era Annette. ¿Cuánto tiempo llevaba observándome husmear? Balbuceé una disculpa incoherente. Ella no pareció reparar en mi azoramiento.

—Su esposa —dijo haciendo un ademán hacia la mujer del cuadro, cuya organza ondulaba a su alrededor como las olas del mar lamen el mascarón de un barco que surca una tormenta. Entonces, barrió el aire con el brazo y señaló mi fotografía al otro extremo del pasillo—. Y ahí estás tú. No hay mayor cumplido, ¿no crees?

***

Aquella noche, me calenté una exigua cena en los fogones. Removí y removí mientras pensaba en aquel cuadro embrujado, en la maniática máquina de escribir, en las zapatillas de ballet. Estaba perdiendo la cordura. Tenía que salir de ahí, tomarme un descanso en algún lugar amplio y luminoso, alejado de la inestabilidad del agua, montañoso. Me estaba imaginando el destino al que escaparía cuando vi moverse una silueta en la cocina. Un destello. La clase de desplazamiento que no podría hacer algo vivo.

—Tu retrato ha salido fantástico, ¿no te parece? —Era la voz de Cyan, pero no provenía de donde había percibido el movimiento.

Me di la vuelta para mirarlo. Estaba de pie junto a la mesa de la cocina. Colgaba de su mano un largo utensilio de hierro forjado, tal vez un instrumento medieval de tortura o tal vez algo menos amenazador, como un atizador o unas tenazas. Era imposible adivinarlo bajo aquella tenue luz.

Me vi presa de un mareo que me obligó a apoyarme en la encimera para no caerme.

—Deberías descansar o te vas a romper.

Sacó una silla de la mesa de la cocina y me invitó a sentarme señalándola con el instrumento. Lo rechacé con un ademán. *Estoy bien*, traté de decirle.

Se hizo el silencio entre nosotros puntuado por el tictac de los relojes en las entrañas de la casa. Cyan no me quitó los ojos de encima. Parecía congelado en su inmovilidad. Sentí que, si me inclinaba hacia él y le golpeaba la frente con los nudillos, sonaría hueco como un maniquí.

Al fin, habló:

—No todo el mundo puede soportar nuestra residencia. No todo el mundo la termina. Pero priorizamos el arte sobre el artista.

Dio un paso hacia mí y, sin darme cuenta, di un paso hacia atrás y la base de mi columna chocó con el borde de la cocina de gas. Sentí contra mi espalda el calor del fogón encendido.

Continuó puntuando sus palabras con el vaivén pendular del instrumento en sus manos.

—En el fondo, nuestro enfoque está basado en la ética. Los artistas —los de verdad— son muy pocos. Son una élite que, lejos de merecer su talento, ha nacido con un don. Un don que pertenece a toda la humanidad. Verás, el arte es para todos, no para el artista. Es para las masas, no para unos pocos. Así que es lógico que, si un artista no logra alcanzar todo su potencial, digamos, por una falta de oportunidades, sea nuestro deber eliminar los obstáculos en su camino, ¿me sigues?

Asentí. ¿Qué otra cosa iba a hacer?

—De la misma manera, si un artista se interpone en el camino de su arte, en el camino de su propia creatividad, por desidia o timidez o cualquier otro motivo, es también mi deber eliminar ese obstáculo. —Puntuó el final de la frase dando una estocada con el instrumento, que por fin había reconocido como un largo cincel, como si golpeara a un adversario. Lo escuché romper el aire—. Porque el artista solo es un medio, nada más, para que el arte mane de su cuerpo, ¿entiendes?

Cuando terminó de hablar, se erguía frente a mí. Me ofreció el cincel con suavidad, pero firme. Lo agarré. Entonces, se quedó ahí parado unos largos segundos, examinándome con atención. No sabía dónde dirigir la mirada, pero no podía soportar sostener la suya. Esos vacíos ojos aguamarina que en su día se me habían antojado tan bellos ahora parecían carecer de humanidad. En esa postura —con él demasiado cerca y con mi espalda contra las llamas— me pregunté si mi cabello y mi ropa arderían por la proximidad del fogón encendido.

Cuando por fin se fue, reparé en que me temblaban las manos y en que, a pesar de haber apartado la olla del fuego por un automatismo que no alcanzaba a recordar, el gas seguía encendido y dibujaba un ígneo círculo azul como una corona glacial. Las llamas parecían haber crecido y lamían el aire como retorcidas serpientes. Recuerdo que una vez un maestro me enseñó que, a pesar de su aspecto pálido, el azul es la parte más caliente de la combustión. Ante aquel anillo de fuego cerúleo, me invadió la intensa ansia de alargar la mano y quemarme en su abrazo.

***

Hice las maletas aquella misma noche.

Mi cuarto era un caos de cajones destripados y extremidades desperdigadas (extremidades de arcilla, no de carne). Debía priorizar. No podía llevármelo todo. Mi plan consistía en huir en lo más profundo de la noche tan pronto estuviera segura de que todo el mundo dormía. Me llevaría una sola bolsa y correría. No tenía alternativa porque no podía llamar a un taxi sin teléfono fijo ni cobertura y a esas horas no había transporte público por la zona.

No sabía dónde iría ni a quién llamaría. Cuando estuviera sana y salva lejos del alcance de los Deacon, encontraría dónde quedarme y me pondría en contacto con viejos amigos o con mi agente, aunque no le hubiese escrito en meses. Pero eso era un problema para más adelante. Por ahora, mi misión era hacer la maleta y correr.

Cuando escuché las pisadas en el pasillo, me quedé paralizada. Agucé el oído, encorvada sobre mi montículo de caos como un duende sobre un montón de oro. Eran andares pesados, seguros. Y se acercaban, no cabía duda. Iban a descubrirme, a frustrar mi plan de huida. ¿Qué otra cosa estaría alguien haciendo en esta ala abandonada de la casa si no venir a por mí? Me castigarían. No sabía cómo, pero no cabía duda de que aquel sería el resultado, así que contuve el aliento y recé por que el propietario de aquellos andares pasara de largo sin visitarme.

De golpe, los pasos se detuvieron.

Y no entró nadie.

Me acerqué a la puerta en puntitas de pie, la entreabrí muy despacio y me asomé para otear en silencio a ambos lados del pasillo. Estaba vacío. Retrocedí y cerré la puerta con llave.

Volvía a estar a solas con mis cosas y mi esperanza, pero seguía en vilo.

Me di más prisa, fui más brutal en mis decisiones: esto se venía conmigo, esta otra cosa no. Se erigió en mitad de la estancia un montículo de posesiones descartadas, de objetos no esenciales que me había traído de mi apartamento, como plumíferos pájaros de juguete que solía cazar Gerald, una vajilla desparejada, viejas prendas que esperaba volver a ponerme cuando fuera lo bastante delgada o lo bastante valiente. A medida que lo alimentaba, el cúmulo iba tomando nuevas y extrañas formas. Se transformó en un monstruo que crecía y crecía y, por un momento, pensé en la maravillosa escultura que podría ser: una vida desechada, una vida desarmada. Me descubrí sobrecogida por uno de esos momentos en que la inspiración parece caer de los cielos y me quedé inmóvil admirando mi creación, perdida por un instante en su caótica belleza, sopesando cómo replicarla cuando saliera de ahí y dónde exponerla.

Pero no era momento para la inspiración.

Debía concentrarme, liberar mi mente de su estupor.

Me pellizqué para espabilarme con el dolor. Pero cuando apreté aquella fracción de antebrazo entre mis dedos índice y pulgar, lo sentí nuevo y extraño, más blando de lo que recordaba. Lo inspeccioné y descubrí que la piel donde había soltado mi agarre permanecía erecta, levantada como una maleable pirámide.

Mientras examinaba mi recién descubierta flexibilidad, los pasos regresaron. Más cerca. Más firmes.

Pero no eran solo pasos. Los acompañaba un ruido estridente, sordo y disonante, como el de un cuerpo inerte arrastrado por el suelo. Me imaginé un maltrecho cadáver con los miembros extendidos y doblados por lugares extraños siendo arrastrado por los pies por el parqué, dejando a su paso mechones de pelo arrancados por alguna astilla o por algún clavo levantado.

Entonces, recuperé la compostura y desestimé la imagen. Estaba perdiendo la cabeza. Por eso tenía que irme.

A pesar de todo, los pasos siguieron acercándose más y más y persistió el estridente ruido. A cada instante aparentaban llegar a mi puerta, pero su recorrido parecía alargarse hacia el infinito. La expectativa me tenía suspendida en la eternidad de esperar la perdición, de implorar por mi salvación. Y el estruendo de aquellos pesados pasos tronaba y retumbaba en su caminar.

Aterrada, me aferré a mí misma. Me rodeé con los brazos y me clavé las uñas en los hombros y mi piel cedió como la plastilina. Las yemas de mis dedos se hundieron y hundieron en mi cavidad torácica y mis manos y muñecas y antebrazos las siguieron. Y no se detuvieron hasta que mi corazón reposó palpitante aferrado en mi puño.

No. No, por favor. Solté mi corazón y arranqué los brazos de mí, pero mi torso se estiró con ellos. Se desprendieron mis costillas y cayeron mis pulmones. No podía respirar. Caí al suelo de rodillas y traté de recogerme, de rearmar mi tórax, de volver a contenerme. Pero no hubo marcha atrás. Mi ansiedad me volvió descuidada, agarré y aferré y apreté donde no debía, no supe de dónde tiraba y me olvidé de qué forma había tenido mi cuerpo. Alargué mi pierna hasta que alcanzó el doble de su tamaño y se desplomó, inerte, enorme y serpentina, contra el suelo.

Tenía que salir de ahí. De la habitación. De la casa. Me abalancé contra el picaporte de la puerta y la abrí de golpe con el peso de mis desfigurados miembros. Y el amasijo de mí trastabilló en el pasillo.

Pero tropecé con algo nuevo. Algo que no había estado ahí antes. El plinto, el pedestal de mármol negro de la salita del torreón. Alguien lo había bajado y lo había dejado en la puerta de mi cuarto. Ese había sido el origen del ruido: no un maltrecho cadáver, sino un podio de piedra esperando a su escultura. A su *Mujer (des)hecha*.

Entonces entendí qué era aquel pedestal. Cuál había sido siempre su propósito. Traté de correr, pero mi dilatada pierna era ahora un ancla.

Volví a ponerme las manos encima solo por tener algo a lo que aferrarme. Dilaté mis mejillas y orejas. Me agarré de la cabeza por la espalda y tiré de mis cabellos hasta que mi cabeza se hundió hacia atrás y mi cuello se dobló sobre sí mismo. No me detuve hasta que, de tanto tirar, mi frente besó el suelo. Trencé mis extremidades. Hilé y cosí. Lamenté cuán maleable me había vuelto, recé por romperme y que todo terminara.

Pero no me rompí.

Tiré más y más y más y, hecha un nudo, volví a doblarme sobre el pedestal en una nueva e intrincada forma.

Era bella y extraña, pero nunca podría deshacerme.